KB065286

만나야 할 말들

나를 키우는 인생문장

정민규 (루카스 제이)

작가, 편집자, 번역가. 또또규리 출판사 대표.
좋은 삶을 살고 그것을 좋은 글로 쓰고 나누는 것이 꿈인 사람.

필명 루카스 제이. 글로써 세상에 작은 빛이 되고 싶은 소망이 담겨 있다.
성균관대학교 불어불문학과에 입학하여 신문방송학과를 복수전공하고 졸
업했다. 고려대학교 일반대학원 신문방송학과에 입학하여 온라인 커뮤니
케이션 세부전공으로 석사학위를 받았다.
저서로 〈인생과 운전〉〈네 나이에 알았더라면 인생이 달라졌을 거야〉〈사
는 게 낯설 때〉〈글 쓰는 마음〉〈복 있는 부모는〉 등이 있다.

"귀한 말들과의 만남을 통해 나와 우리의 삶이 성장하기를 소망합니다."

정민규(루카스 제이) 지음

만나야 할 말들

나를 키우는 인생문장

또또규리

또또규리 출판사를 소개합니다.

또또규리 출판사의 슬로건
"세상에 필요한 책을 만듭니다."

인생과 세상의 변화를 위한 다양한 주제를 깊이 있게 다룹니다.

출판사명 '또또규리'는 두 딸의 애착인형 이름을 합한 것으로,
자녀가 보기에도 좋은 책을
정성스럽게 만들고자 하는 마음을 담았습니다.

****
또또규리 출판사의
유익한 메시지를 여러 채널로 만나 보세요.

유튜브 @ttottokyuri
인스타 @ttottokyuri
홈페이지 https://blog.naver.com/ttottokyuri

****
또또규리 출판사의
새로운 메시지와 소식을 받아 보기 원하시면

또또규리 출판사의 이메일 aiminlove@naver.com으로
독자의 이메일 주소만 알려 주시면 됩니다.
일주일에 한 번 이메일로 또또규리 출판사의
새로운 메시지와 소식을 보내 드립니다.

말의 소중함을 알게 해 주신
하나님께 감사드립니다.

내게 기쁨과 웃음 주는
혜시스터즈(인혜, 혜민, 혜리)에게
"언제나 사랑하고 늘 고마워"라는
말을 전합니다.

차례

프롤로그
만나야 할 말들

우리가 인생을 살아갈 때에 '만나야 할 말들'이 있습니다. '나를 키우는 인생문장'들이지요. 살면서 잘 생각해 보지 못한 것들, 미처 깨닫지 못했던 것들을 우리는 이러한 힘 있는 말들을 통해서 생각해 보고 깨닫게 됩니다. 이러한 능력의 문장들은 보는 즉시 반가워하며 기꺼이 인생의 지혜로 삼을 수밖에 없는 매력을 지니고 있습니다.

저는 이런 명문장을 만나면 일단 저 스스로 새로운 지혜를 깨우칠 수 있어서 좋고, 이 좋은 명문장을 나름대로 풀어낸 저의 이야기와 함께 사람들과 나누고 싶어집니다. 지혜란 것이 나누면 나눌수록 우리의 인생과 세상의 역사에 더 잘 반영될 테니까요.

여기, 제가 지금껏 만난 명문장들 중에서도 특히 더 빛을 발하는 명문들을 모아 보았습니다. 그리고 마치 그 명문들과 교제하듯 저의 생각과 느낌을 함께 담아 보았습니다. 이 귀한 말들과의 만남을 통해 나와 우리의 삶이 성장하기를 바라는 소망으로요.

독자 여러분에게도 〈만나야 할 말들〉을 통한 삶의 놀라운 변화가 있기를 바랍니다.

1장.

삶을 앞으로 이끌어 가는 말들

의욕과 끈기

생각의 영역에서 모든 것은 의욕에 좌우된다. 한편 현실의
영역에서 나머지 모든 것은 끈기에 좌우된다.

　　　　　　　　　　　　　　　　　　　– 요한 볼프강 폰 괴테

생각에서 행동으로 넘어가려면, 즉 마음에 품은 것을 현실로
실현하기 위해서는 끈기가 필요합니다. 끈기 없이 의욕만 넘치
는 것은, 실은 의욕이 넘치는 것으로 보이려는 것일 뿐이니 허
상이나 망상이라 할 수 있겠지요.

우리가 희망을 말할 수 있으려면 발 딛고 서 있는 오늘, 희망
을 향한 발걸음을 실제로 내디뎌야 합니다. 끈기 있게, 지속적
으로 그 같은 오늘을 매일 '창조'해야 합니다.

사람에 따라 무엇이 습관으로 되기까지 필요한 시간이 다를
것입니다. 보통 소위 습관혁명을 이루는 데 66일이 걸린다고
하는데, 사람이 새로운 습관을 정착시키려면 기본적으로 2개

월 정도는 꾸준히 노력해야 한다는 것이겠지요.

만약 안 좋은 습관을 심각하게 혹은 다양하게 가지고 있는 사람일수록 새로운 습관을 만들기가 더욱 쉽지가 않을 것입니다. 그러니 생각의 영역에서는 의욕을, 현실의 영역에서는 끈기를 계속 발휘해야겠습니다. 우리는 이 땅 사는 그날까지 변화 또 변화해야 하므로.

이 같은 삶이 부담이 되지 않으려면, 그리고 스스로 지치지 않으려면 우리는 이러한 태도를 오늘 하루만 잘 발휘해 보겠다고 심플하게 마음을 먹고 그렇게 살아 본 다음, 하루를 마감하는 저녁에 일기장에 그 하루의 삶을 간단히 기록해 보면 좋을 것입니다. 저의 경우 그날의 경험이라든지 그날 내게 부족했던 것이나 감사했던 것을 기록합니다.

사람은 원래 부족한 존재여서 언제나 부족할 수밖에 없는데 그렇게 살아 본 하루에 부족한 점이 있었다고 해서 의기소침해지거나 다시 예전으로 돌아갈 일이 아니라, 내가 이 땅 사는 동안 조금씩 조금씩 성장하리라 결단, 결행할 필요가 있습니다.

나의 의무는 무엇인가

나는 아무것도 두렵지 않다. 다만 의무가 무엇인지 몰라 그것
을 수행하지 못할까 봐 두려울 뿐이다.

– 매리 라이언

의무(義務)

사람으로서 마땅히 하여야 할 일. 곧 맡은 직분.

(출처: 표준국어대사전. 이하 이 책에 나오는 사전적 정의는 모두 표준국어대
사전에서 가져옴)

의인(義人), 즉 의로운 사람으로 살고자 할 때 자기가 해야 할
일, 자신의 역할이 곧 '의무(義務)'입니다. 인생에서 우리에게는
자신만의 의무가 계속해서 주어집니다. 자신의 삶의 사명에 따
라 의무가 생기는 것이지요.

그런데 자신의 의무가 무엇인지 모른다면 어떨까요? 자기 맘

대로, 자기 멋대로 행동하게 될 것입니다.

저의 경우 한 개인으로서뿐만 아니라 가장, 남편, 아버지, 작가, 출판사 대표 등으로서의 의무를 수행해야 합니다.

이때 각 역할에 걸맞은 의무가 무엇인가 알아야 합니다. 매일 매일이 실은 이 의무를 실천하기 위한 좋은 기회입니다.

의무에 부담을 가질 일이 아닙니다. 감사할 일입니다. 나에게 주어진 의무가 있다는 것은 내 삶에 의미와 가치를 부여하는 좋은 일입니다.

자신의 의무에 충실한 사람은 곁눈질을 하거나 딴짓을 할 겨를이 없습니다. 자신의 사명과 그에 따른 의무를 수행하면서 희망찬, 보람찬 삶을 살아가게 됩니다. 이러한 희망, 이러한 보람은 그야말로 그 자체로 생의 기쁨이라 할 수 있을 것입니다.

자기 생에서 사명과 의무를 다하며 느끼는 이러한 기쁨을 누리고 또한 그것을 가족과 이웃과 나눌 수 있는 것이 은혜고 축복입니다.

행복과 의무

당신의 행복을 생각하지 말고 당신의 의무를 완수하라.

– 윌 듀란트

우리는 대부분 "행복하고 싶다, 행복하고 싶다" 많이, 자주 말들을 하고 살지만 "나의 의무를 다하고 싶다"라는 말은 잘 하지 않는 것 같습니다.

사람에게는 저마다 이 생에서 감당할 자신만의 의무가 있습니다. 사명이고 소명이지요. 내가 이 세상에 태어난 데는 반드시 그 이유가 있는 것입니다.

크리스천인 저는 '소명(召命)'이라는 말을 잘 사용합니다.

소명(召命)

『기독교』 사람이 하나님의 일을 하도록 하나님의 부르심을 받는 일.

저의 경우에도 의무에는 소홀하면서 행복하기를 바라는 경향이 짙습니다.

'의무를 다하는가?'

이에 대해서라면 하루의 그 사람의 생활상이 잘 말해 줄 것입니다. 길게, 넓게 볼 것도 없습니다. 단 하루의 삶이 의무를 충실히 수행하는가 여부를 여실히 보여 줍니다.

나의 의무는 남편, 부모, 가장, 작가로서의 의무일 텐데(제가 생각하는 중요도 순으로 나열했습니다) 이 네 가지 의무는 모두 동일하게 '사랑의 능력'으로 수행 가능합니다. 사랑 없이는 의무를 수행할 수가 없습니다.

제각기 자신만의 은사가 있을 것입니다.

은사(恩賜)

『기독교』하나님이 주신 재능.

직업적으로든 성격적으로든 자신이 받은 그 은사 안에서 의무를 다할 필요가 있습니다.

내가 잘하는 것, 내가 좋아하는 것을 최대한 살려서 의무를 행한다면 그 안에서 나는 행복을 찾을 수 있지 않을까요.

의무를 수행하지 않으면서 행복하기는 어려울 것입니다.

보잘것없는 일을 해냈더라도

보잘것없는 일을 해냈더라도 자부심을 가져라. 그러면 그보
다 큰 일도 잘 해낼 수 있을 것이다.

– 조셉 스토리

살면서 우리는 많은 성취를 합니다. 태어나서 걷고 말하고 작
은 것들을 배워 나가고 실천해 나갑니다. 그것은 작은 것이라고
할 수도 있지만, 실은 엄청 큰 일이라고도 말할 수 있습니다. 왜
냐하면 그 작은 것들이 아이가 어른으로 자라면서 큰일을 이룰
자양분이 되기 때문입니다.

우리가 흔히 보잘것없게 느끼는 작은 것들이 없다면 큰 일은
해내지 못합니다.

작은 것은 오늘 하루 내가 하는 일 속에 있습니다. 나의 작은
습관, 작은 업무, 작은 대화, 작은 관계.

그 작은 일들에 대한 자부심을 잃지 말아야겠습니다. 작은

일들에 대한 이 같은 자부심은 하나님이 내게 주신 은사(恩賜), 곧 재능에 대한 감사함과 늘 함께 가야 할 것입니다.

우리가 인생이 비참하고 참담하고 암울할 때 가만히 자신을 살펴보아야 합니다. 스스로에게 질문을 던져 보는 겁니다.

내가 내 삶에 주어진 작은 것들에 불성실한 것은 아닐까? 거기서 즐거움을 느끼지 못하는 건 아닌가? 거기서 희망을 보지 못하고 있는 건 아닌가?

우리는 작은 것들의 소중함을 알아야 합니다. 인생이란 사실 큰 일은 없고 작은 일만 있기 때문입니다. 알고 보면 아무리 큰 일도 작은 일을 합한 것에 지나지 않지요. 단번에 이루어지는 일은 없기 때문입니다. 사람의 인생이란 과정을 거쳐야 결실을 맺게 되어 있습니다.

'오늘 내가 할 작은 일은 무엇인가?'

늘 이 작은 것만 생각하고 삽시다.

그러면 삶은 살 만하고, 일은 할 만합니다.

우리가 이렇게 살아야 하는 까닭은 결국 인간이라는 존재 자체가 작기 때문 아닐까요. 겸손히 나라는 작은 존재의 작은 할 일들을 해 나갈 때 우리는 복된 삶을 살 수 있습니다. 하루하루 설렐 수 있고 기쁠 수 있습니다.

그러면 뒤를 돌아볼 필요도 없고 자책하거나 남 탓, 상황 탓,

환경 탓을 할 것도 없습니다. 걱정할 것도 불안할 것도 없습니다. 감사하며 기뻐하며 앞을 보며 나아가는 것입니다.

우리가 서로의 마음과 물질을 나누는 것도 늘 작은 것부터 시작입니다.

작은 것이 아름답습니다.

충실함과 일관성은 어디서 비롯되는가

충실함이란 감동적인 삶에 있는 것이며, 일관성이란 자신의
실수를 고백하는 지성인의 삶에 있는 것이다.

- 오스카 와일드

죽기까지 과제.
'나의 삶으로 감동을 주느냐.'

감동(感動)
크게 느끼어 마음이 움직임.

감동을 준다는 것은 마음을 움직이는 일입니다. 인간에게,
인생에서 가장 위대한 일 아닐까요.
무엇으로 감동을 줄까요. 그것은 사람마다 다를 것입니다.
각 사람의 재능과 성격, 성향마다 다르겠지요. 삶을 충실하게

산다는 것은 이와 같이 감동을 주는 삶을 사는 것이지요.

그리하여 나의 사후에도 그 감동이 공유되고 있다면 스스로 여기기에도 그만한 삶은 없을 것입니다.

'일관성이란 자신의 실수를 고백하는 지성인의 삶에 있는 것이다.'라는 오스카 와일드의 말은 우리가 감동을 주는 충실한 삶을 살아갈 때에 일관되게 나의 부족함을 인정해야 함을 말해 줍니다.

인간에게 일관성은 실은 그래서 겸손과 동의어죠. 인간은 죽기까지 실수할 테니 그 실수를 고백하고 어제보다 나은 나 자신이 되기 위해서 분투해야 할 것입니다.

마음먹기에 달려 있다

어떤 일이든 마음만 먹으면 얼마든지 극복할 수 있다.

– 버질

왜 마음은 무엇이든 가능할까요? 마음에 제한이 없기 때문 아닐까요. 마음으로는 못 할 것이 없습니다.

이런 귀하디귀한 마음을 신이 인간에게 주신 이유는 무엇일까요? 마음의 힘으로 살아가라는 뜻일 것입니다. 현실이 어려워도 마음이 자유로우면 그 각박한 현실도 극복 가능합니다. '모든 것이 마음먹기에 달려 있다'고 하는 까닭입니다. 이 말은 '마음을 어떻게 먹느냐에 따라 모든 것이 달라질 수 있다'는 뜻입니다. 마음이 이렇게나 중요합니다.

마음의 사전적 의미 중에서 이러한 마음의 역할과 능력을 살펴봅시다.

마음

「1」 사람이 다른 사람이나 사물에 대하여 감정이나 의지, 생각 따위를 느끼거나 일으키는 작용이나 태도.

「2」 사람의 생각, 감정, 기억 따위가 생기거나 자리 잡는 공간이나 위치.

「3」 사람이 어떤 일을 생각하는 힘.

　　마음이 모든 것을 앞섭니다. 감정, 의지, 생각, 행위, 능력 발휘, 인간이 행하는 모든 것에 앞서는 것이 마음입니다.

　　네 보물 있는 그곳에는 네 마음도 있느니라
　　　　　　　　　　　　　　　　　　　　　－ 성경 마태복음 6장 21절

　　성경은 이를 정확하게 말씀합니다. 내가 관심을 갖고 있는 것, 내가 돈을 쓰고 있는 것, 내가 시간을 보내는 것에는 이미 내 마음이 가 있습니다. '마음 관리'가 인생 모든 일에 앞서는 이유입니다.

실패와 성공 사이에서

실패와 성공 사이에 있는 선은 너무 가늘어서 우리가 언제 그것을 지나쳤는지 거의 알 수 없다. 때로는 그 선 위에 있어도 그것을 알지 못한다.

― 랄프 월도 에머슨

이 말은 무슨 말일까요? 실패와 성공은 한 끗 차이라는 말이지요. 무엇이 실패고 무엇이 성공인지 구분하기가 어렵지요. "실패는 성공의 어머니"인데 실패에게 낙오의 표시를 할 수는 없는 법이지요.

어젯밤에는 둘째 딸(10세)이 자기가 좋아하는 펭귄 인형으로 영어로만 말하기를 하자고 해서 어쭙잖은 영어 회화로 제가 말하고 아이도 영어로 답을 하면서 이 얘기 저 얘기하는데 아이가 행복해합니다. 둘째 딸은 곧잘 하고, 또 자기 스스로 영어로 의사소통이 된다는 느낌을 받으니까 뿌듯해하면서 영어로만 말하기를 재미있어 하는 것 같더라고요.

정말이지 적은 수의 단어, 아주 짧은 문장만으로도 일상적인 얘기는 충분히 가능한 게 영어인데요. (언어가 그렇지요.) 문장을 정확하게 구사하려고 하면 영어를 배우기가 힘듭니다. 오히려 늘지가 않습니다.

영어뿐 아니라 매사에 대해 저는 두 딸에게 이 점을 이야기해 줍니다. "많이 실패해야 좋다. 시험 문제도 틀린 것이 잘 기억나지 않니?"라는 식으로요.

저는 두 딸이 어려서부터 많이 시도하고 많이 실패해 보았으면 좋겠습니다. 돌아보면 실은 그 실패는 '성공의 과정'이고 특히 그 과정에 필수적 요소임을 알게 될 테니까요.

힘들 때 그 사람의 성품이 나온다고 합니다. 부족한 인간에게 인생이란 실패의 연속일 수밖에 없는데, 그 숱한 실패 앞에서 겸허해지고 인내하며 앞으로 나아갈 때에 성품도, 인생도 나아질 것입니다.

2장.
기쁨과 여유의 길로 인도하는 말들

놀이는 가능성의 기쁨

놀이는 가능성의 기쁨이다.

– 마틴 부버

현대인의 삶이란 놀이를 잃어 가는 과정이라고 해도 지나친 말이 아닐 것입니다. 놀이의 전성시대라 할 유소년기를 학원에서 보내는 아이들의 삶이란 안타깝기가 이루 말할 수가 없습니다.

놀이는 왜 '가능성의 기쁨'일까요? 놀이에는 창조성이 들어가 있기 때문이지요. 사람들이 많이 하는 컴퓨터 게임같이 틀 안에서 움직이는 것은 아무리 전략, 전술이 필요하다 해도 창조성의 개념은 많이 없다고 보아야 할 것입니다.

놀이라는 게 본래는 직접 창조를 해야 하는 것이지요.

아이들은 아무것이 없어도 재미있게 놀 줄 압니다. 어쩌면 인간은 그래서 '놀이의 인간'인가 봅니다. 호모 루덴스(Homo Ludens)라고 하지요.

'잘 놀 줄 아는 사람이 잘 살 줄 안다.'고 말할 수 있겠습니다.

혼자 노는 사람도 있지만 대부분 서로 같이 놀지요. 저는 친구들과 노는 걸 무척 좋아하는 둘째 딸에게 자주 말해 줍니다. 노는 게 배우는 거라고요. 놀면 일단 놀이를 창조하고 관계를 해 나가게 됩니다. 관계 자체가 창의성을 띠고 있지요. 상대방은 늘 새로운 반응을 하니까요. 요샛말로 티키타카 하는 법을 배우지요.

[티키타카(tiqui-taca)는 스페인어로 탁구공이 왔다 갔다 하는 모습을 뜻하는 말로 짧은 패스를 빠르게 주고받는 축구경기 전술을 말하기도 한다. 최근에는 사람들 사이에 잘 맞아 빠르게 주고받는 대화를 의미하기도 한다(출처: 네이버 국어 오픈사전)]

창의적 인간, 관계적 인간을 위해 놀이는 필수라고 할 수 있겠습니다.

그러므로 Play!

임무와 즐거움

아이들이 배워야 하는 것은 그 무엇도 아이들에게 부담을 주
거나 임무처럼 강요되어서는 안 된다. 지나치게 강요되는 것
이 무엇이건 머지않아 귀찮아지게 된다. 전에는 즐거운 일이
었을지라도 마음은 그것에 대한 반감으로 채워진다.

– 존 로크

17세기를 산 철학자의 이 말이 현대의 교육에 가장 적용해야
할 말입니다.

중학교 2학년 딸의 참관 수업에 참여했습니다. 과목은 과학.
광합성 작용을 배웁니다. 자연의 신비를 느낄 시간이 없이 이건
이렇다, 저건 저거다 기계적으로 암기해야 한다는 부담감을 줍
니다. 필기하고 암기하고.

선생님은 열심히 가르친다고 가르치시는 건데요. 선생님의
그런 열심이 느껴지는데 솔직히 재미가 많이 있지는 않습니다.

선생님 잘못이라기보다는 이미 과목과 수업이 그렇게 정형화된 느낌입니다.

학생들이 불쌍하다는 생각이 들었습니다. 우리가 단지 시험을 보기 위해서 공부를 하는 게 아닌데 말이죠. 공부한 것에 대해 정리해 보고자 시험을 보는 게 맞는데 앞뒤가 바뀐 겁니다. 청소년기에는 계속해서 학교를 다니면서 공부를 해야 하는데 이처럼 공부와 시험 간에 우선순위가 뒤바뀌었으니 문제가 심각한 것이지요.

다시 보시지요.

아이들이 배워야 하는 것은 그 무엇도 아이들에게 부담을 주거나 임무처럼 강요되어서는 안 된다. 지나치게 강요되는 것이 무엇이건 머지않아 귀찮아지게 된다. 전에는 즐거운 일이었을지라도 마음은 그것에 대한 반감으로 채워진다.

― 존 로크

그렇다면 우리 아이들은 공부를 잘하고 못하는 아이로 따로 존재하는 것이 아니라, 공부에 흥미를 붙이지 못하게 하는 교육이 문제인 것이지요. 정말로 한국의 정규 교육과정은 '꽝'입니다.

부모도 자녀의 대학 입시 합격을 목표로 삼다 보니 공부를 수단으로 생각하여 아이로 하여금 공부에 흥미를 잃도록 압박을 가합니다. 공부가 과제가 되는 순간, 공부는 본질적 목적을 잃어버립니다.

이러한 교육과정하에서는 스스로 공부의 본질을 새겨야 합니다. 공부의 흥미를 스스로 찾고 느껴야 합니다. 황당한 현실이지만 그렇게 해야만 잘못된 공부의 늪에서 덜 허우적거리게 됩니다.

대학교를 졸업하여 학생이라는 이름을 뗄 때가 되면 '아, 내가 무슨 공부를 하였는가?' 하고 진정한 공부에 대해 아주아주 아쉬운 생각을 해 보게 됩니다.

하지만 성인이 되었다 해도 우리는 공부를 시작할 수 있습니다. 아니, 이제부터라도 진정한 공부를 해 나가야 합니다. 공부에 대한 흥미를 잃는 순간, 인생은 진보가 없으며 의미가 없어지니까요.

그러고 보면 공부할 거리는 세상에 널려 있습니다. 또한 사람 한 명 한 명이 내가 배울 게 있는 선생님이기도 하지요. 삶의 지혜를 선사할 수많은 책이 나를 기다립니다. 그러니 공부를 계속 해 보아야겠습니다. '공부다운 공부'를 말이지요.

소소한 편안함과 기쁨

행복은 일생에 한 번 있을까 말까 하는 큰 행운보다는 날마다
일어나는 소소한 편안함과 기쁨에서 더 많이 찾을 수 있다.

– 벤저민 프랭클린

저는 파키라를 좋아합니다. 또한 파키라를 키우기를 좋아하지요. 식물을 잘 모르고 잘 못 키우는 제게는 정말로 마음에 들고 키우기 쉬운 식물입니다. 물을 가끔 주어도 되고 햇빛을 직접 안 쐬어 주어도 잘 자랍니다.

저는 파키라의 꽃말을 좋아합니다. 행운(Lucky)과 행복(Happy)입니다.

행운과 행복이 함께하는 삶은…….

생각만 해도 미소가 지어집니다.

그런데 행운은 아주 가끔 찾아오지요. 네잎클로버를 발견하는 것처럼요. 네잎클로버의 꽃말이 행운이잖아요.

반면에 세잎클로버는 흔하디흔합니다. 이곳저곳에 널려 있지요. 세잎클로버가 온통 잔디밭을 덮은 곳도 많이 있지요. 세잎클로버의 꽃말이 행복입니다. 행복은 이렇게 지천(至賤)으로 널려 있나 봅니다.

평범한 것이 귀합니다. '소소한 편안함과 기쁨'은 이런 평범한 데서 옵니다. 가정의 안락함, 가족의 화평함 같은 것이죠. 이 평범한 삶을 소중히 여기고 소중히 대할 줄 안다면 그 사람의 인생은 성공입니다.

성공을 위한 과정을 즐길 수 있는가

마음속에 행복한 기대를 안고 보낸 시간이 성공을 이룬 시간
보다 더 즐거운 법이다.

– 올리버 골드스미스

우리는 보통 기대를 하며 보낸 시간의 가치를 잘 알지 못합
니다. 기대하며 설렜던 때의 가치 말입니다.

또는, 그저 "성공", "성공"을 부르짖으며 성공에 이르기까지
매우 초조하게 살아갑니다. 이래서는 과정을 즐기기가 어렵습
니다.

경제적인 것이든 능력적인 것이든 관계적인 것이든 차곡차곡
쌓아 나가야 하고, 위기 시에는 위기를 극복할 수 있는 마인드
를 장착해야 하는데, 이게 쉽지가 않습니다.

그러니 기대하며 나아가야겠습니다. 기대했던 시간을 떠올리
며 활짝 웃을 성공의 그날을 생각하면서요.

인생을 모험으로 본다면

모험은 근심을 안겨 줄 수도 있다. 그렇다고 모험을 하지 않
으면 자신을 파악할 수가 없다. 따라서 좀 더 의미 있는 모험
은 자신을 정확하게 파악하는 계기가 된다.

– 키르케고르

인생을 모험으로 보는가, 그렇지 않은가에 따라 인생을 대하
는 자세가 확연하게 갈립니다. 도전적인 삶이냐, 그냥 흘러가는
대로 사는 삶이냐로 갈리는 것이지요.

저는 인생을 모험으로 보기로 했습니다. 모험으로 사는 인생
은 실패가 두렵지 않습니다. 모험에는 반드시 실패가 수반되기
때문이지요. 많이 실패할수록 훈장을 더 많이 다는 모험가가
됩니다. 모험의 종류도, 모험의 영역도 다양해지면서 풍요로운
인생을 살게 됩니다.

가 보지 않았던 곳에 가고, 해 보지 않았던 것을 하고, 만나 보

지 않았던 사람을 만나고, 말해 보지 않았던 것을 말하고……

'세상은 넓고 할 일은 많다'는 말은 모험하는 자에게 언제나 맞는 말입니다.

모든 지적 향상은 여가로부터

모든 지적 향상은 여가에서 비롯된다.

– 사무엘 존슨

저의 경우 종종 샤워할 때
아이디어가 나옵니다.

어제는 반신욕을 하는데
아이디어가 나왔습니다.

재밌게 말할 수 있을 때

누구라도 자기 이야기를 늘어놓을 권리는 있다. 단, 지루하게
만들지 않을 자신이 있다면 말이다.

– 샤를르 보를레르

나의 경우를 생각해 본다면
재밌게 말할 수 있을 때
말해야 하겠습니다.

그 말인즉슨
재미없이 말했던 경우가
많았다는, 그런 지루한 얘기죠.

인생에 대한 흥미

세월이 가면 얼굴에 주름살이 잡힐지 모르나, 인생에 대한
흥미를 단념하면 영혼에 주름살이 생긴다.

- 더글러스 맥아더

이게 저럴 일인가 싶을 정도로 신나게 웃어대는 어린아이들.
그 천진난만하며 해맑은 웃음을 떠올려 봅시다. 낙엽이 굴러만
가도 깔깔 웃어젖히던 십대의 장난기요. 친구와 만나면 떠들
며 웃을 일 많던 이십 대도 있었지요. 그리고 세월이 지나 삶에
대한 흥미가 떨어진 성인들을 보게 됩니다.

물론 팍팍하고 각박한 현실이 우리를 그렇게 만들기도 했지
만, 본래는 인생을 살면 살수록 인생에 대한 흥미가 생겨날 텐
데요. 세상과 인생의 신비를 알면 알수록 그렇지요. 삶은 우리
가 흥미로워하는 만큼 우리에게 새롭게 다가올 것입니다.

3장.

인생에 지혜로움을 더하는 말들

충고의 역설

노인은 좋은 본보기를 보이지 못한 무능력을 뉘우치기보다는 멋진 충고를 건네는 것을 좋아한다.

— 프랑수아 드 라 로슈푸코

어른인 척, 나보다 어린 사람들에게 멋진 충고를 날린 적이 있다? 없다?

이 질문의 핵심은 '어른인 척'에 있습니다. 만약 그 사람이 정말 '어른'이라면 답이 예스건 노건 문제없습니다.

어른의 사전적 정의를 봅시다. 볼 때마다 찔립니다.

어른

「1」 다 자란 사람. 또는 다 자라서 자기 일에 책임을 질 수 있는 사람.

「2」 한집안이나 마을 따위의 집단에서 나이가 많고 경륜이 많아 존경을 받는 사람.

한마디로 어른은 '삶으로 모범이 되는 사람'입니다. 책임지는 사람입니다. 그리하여 존경받는 사람입니다.

인간은 평생 자라는 것이기에 다 자랐다는 어른의 사전적 정의에는 쉽게 동의할 수 없기는 합니다. 대신 '잘 자라고 있는 사람'으로 표현하고 싶습니다.

잘 자라고 있는 사람이어야 다른 사람이 잘 자라는 데 본보기가 될 수 있겠지요.

행동 대신 충고를 하는 노인이 되지 않기를. 그러기 위해 늘 나의 매일의 일상 가운데서 훈련하며 준비해야겠습니다.

근면과 정직

근면한 사람은 대개 정직하다. 근면은 그들에게서 유혹을 걷
어치워 주기 때문이다.

– 크리스천 보비

하루를 살 때에 우리에게는 계획이 필요합니다. 계획을 세운
후에는 그 계획을 지키려는 의지와 노력이 필요하지요. 근면은
이 과정을 잘 해내는 것입니다. 다른 데 눈 돌리지 않고 내가 가
고자 한 길을 가겠다는 우직함과 묵묵함, 그러한 성실함이 요
구됩니다. 이것들이 모여 진실함을 형성합니다. 정직하게 살아
가는 것이지요. 핑계도 대지 않고 딴짓도 하지 않고요.

근면이 과로를 의미하지는 않을 것입니다. 근면하기 위해서는
체력을 잘 유지해야 합니다. 오늘 하루 근면하고 말 것이 아니
기 때문이지요. 그러려면 휴식을 잘 취해야 하고, 운동도 잘해
주어야 합니다.

이렇게 정직한 하루를 보내고 나면 우리는 잠들기 전에 합리화를 할 필요도 없고, 후회를 할 필요도 없고, 걱정을 할 필요도 없을 것입니다.

　이것이 인간이 살아가는 하루의 가장 바람직한 모습일 텐데요. 그리고 이러한 하루가 지속되는 것이 가장 바람직한 인생이겠지요.

어제보다 오늘이 더

나는 어제보다 오늘이 더 현명하지 못한 사람을 중요하게 여기지 않는다.

— 에이브러햄 링컨

인간의 어리석음은 진보하지 않음에 있습니다. 만약 우리가 매일 진보했다면 우리는 진작 어른이 되었을 것입니다.

링컨의 말에서 '어제보다 오늘이 더 현명하지 못한 사람'이라는 것은 '퇴보하는 자'라는 의미일 텐데, 뒤로 가는 사람을 사귀면 내 인생 역시 뒤로 가게 되어 있습니다. 그리고 뒤로 가면 잘 넘어집니다.

지난 주일, 목사님이 설교에서 "실족하지 않고 삶을 풍요롭게 사는 삶이 지혜로운 삶"이라고 하셨는데, 이것은 '넘어지지 않고 시선을 잘 유지하고 시야를 넓혀 가며 전진하는 삶'일 것입니다.

인간의 기억이 제한적이니 복잡하게 생각지 말고 가장 뚜렷하게 그저 '어제보다 나은 오늘의 나'를 계속 추구한다면 우리는 확실히 진보하는 삶을 살 수 있을 것입니다.

나의 경쟁 상대는 오직 어제의 나일 뿐.

능력에 대한 관점

사람들은 상대방이 성공을 이루어야만 비로소 그 능력을 인
정한다.

– 밥 에드워즈

군자는 능력의 한계 때문에 괴로워한다. 하지만 자신의 능력
을 몰라 주는 사람 때문에 괴로워하지는 않는다.

– 공자

능력을 대하는 세상의 자세는 결과주의라고 보아야 할까요.
그러나 꼭 그렇다고 할 수는 없겠지요. 세상 사람들이 나의 성
공 과정을 낱낱이 볼 수는 없으니까요. 성공 과정을 처음부터
끝까지 아는 이는 나 자신뿐입니다. 세상은 내가 맺은 성공의
결과를 나의 능력으로 봅니다. 그러나 정확히 말하면 과정부터
결과까지가 나의 능력이지요. 그 사이에 투입된 나의 정직과 인

내, 성실이 곧 나의 능력일 것입니다.

그러니 공자의 말대로 나의 능력을 사람들이 몰라 준다고 하기 이전에 나의 부족한 능력을 키우는 데 집중해야겠지요. 사람들이 나를 몰라 준다는 것은, 실은 아직까지 능력을 잘 발휘해 오지 못한 데 기인할 테니까요. 더 노력해야 하는데 그렇게 하지 않은 데 대한 핑계가 될 뿐인 것이지요.

제품, 그리고 이성과 감성

소비자는 머리로 생각하지 않고 감정적으로 제품을 구입한다.
– 조지 헤닝

중세 시대부터 인간의 이성에 눈을 떴다고 하지요. 그러나 현대로 와서 인간은 이성보다 감성에 기대는 존재라고 말하기도 합니다.

사람에게는 감정이 중요합니다. 이 감정을 잘 읽을 수 있는 사람, 잘 보듬을 수 있는 사람이 관계도 잘하고 물건도 잘 팝니다.

이성의 소중함

이성이 대중에게 보급되기를 꿈꾸지 말자. 열정과 감정은 그렇게 될지도 모른다. 그러나 이성은 언제나 소수의 자산으로 남아 있을 것이다.

– 요한 볼프강 폰 괴테

이성은 인간의 능력 가운데 너무나 소중한 것이지만, 그것이 잘못되거나 지나친 열정과 감정에 짓눌려 발휘되지 못하는 경우가 많습니다. 극단주의, 집단주의, 집단이기주의 같은 문제가 끊이지 않는 이유입니다.

정치권에서부터 이슈화된 수능 킬러문항에 대해서도 마찬가지입니다. 우리가 학교의 교육과 학생들의 공부에 대해 이성적인 판단을 내릴 수 있다면 수능이 지금처럼 어지러워지고 어지럽혀졌을까요? 변별력이라는 이름하에 불필요한 돈과 에너지가 수능에 투입되고 있습니다. 이러한 비이성적 입시는 교육열

이라는 지나친 열정에 기대어 더욱더 위세를 떨치고 있습니다.

또한 최근에 정치적 극단주의, 비이성적 정치 팬덤 문화도 마찬가지입니다. 판단력을 상실한 채 감정적인 선택을 일삼습니다. 이성이 발휘되지 않는다는 것은 감정이 절제되지 않음을 의미합니다. 감정의 절제는 이성적인 판단하에서 가능하기 때문입니다. 지혜로운 인간의 첫 번째 능력인 이성에 눈떠야 하고 이성을 발휘해야 하는 까닭입니다.

이성이 무엇인지 사전적 정의를 통해 더 자세히 살펴봅시다.

이성(理性)

「1」 개념적으로 사유하는 능력을 감각적 능력에 상대하여 이르는 말. 인간을 다른 동물과 구별시켜 주는 인간의 본질적 특성이다.

「2」『철학』 진위(眞僞), 선악(善惡)을 식별하여 바르게 판단하는 능력.

「3」『철학』 절대자를 직관적으로 인식하는 능력.

「4」『철학』 칸트 철학에서, 선천적 인식 능력인 이론 이성과 선천적 의지 능력인 실천 이성을 통틀어 이르는 말. 좁은 의미로는 감성, 오성(悟性)과 구별되어 이데아에 관계하는 더 높은 사고 능력을 말하기도 한다.

이데아(Idea)

『철학』 순수한 이성에 의하여 얻어지는 최고 개념. 플라톤에게서는 존재자의 원형을 이루는 영원불변한 실재(實在)를 뜻하고, 근세의 데카르트나 영국의 경험론에서는 인간의 주관적인 의식 내용, 곧 관념을 뜻하며, 독일의 관념론 특히 칸트 철학에서는 경험을 초월한 선험적 이데아 또는 순수 이성의 개념을 뜻한다.=이념.

지혜로운 사람의 일 처리

지혜로운 사람은 조용히 앉아 잃어버린 것을 안타까워한 다음 그 피해를 무마할 방법을 강구한다.

– 윌리엄 셰익스피어

강구(講究)하다
좋은 대책과 방법을 궁리하여 찾아내거나 좋은 대책을 세우다.

궁리(窮理)하다
사물의 이치를 깊이 연구하다.

차분함과 함께 냉철함이 필요합니다. 인생의 문제들을 하나씩 하나씩 해결해 나가려면요.

인생에서 실수와 실패가 성공과 성취를 위한 발판이 되려면 차분하게 문제를 살펴보아야 합니다.

당황하거나 억울해하거나 분을 내는 것이 아니라, 조용히 생각해 보는 시간이 필요합니다.

이 시간을 지나치게 많이 가질 필요는 없습니다. 다운될 필요도 없습니다. 나는 무엇을 잃었는지를 살펴볼 만큼만 시간을 가지면 됩니다.

그리고 회복과 성장을 위한 움직임을 가지면 됩니다.

오른손에 재산, 왼손에 절약

오른손에 재산을, 왼손에 절약을 쥐고 있는 자에게는 행운이
절로 찾아온다.

– 존 레이

벌기는 어렵고 쓰기는 쉽습니다.

사회에 유익이 되는 일로 재산을 축적한 이후에는 그 돈을
쓰는 문제가 남게 됩니다. 스스로 돈을 아껴 쓰면 재산을 지킬
수 있고 남을 위한 좋은 일에 쓸 수 있지요. 재산이 불어나는
속도는 더 빨라질 것입니다.

저는 '사지(buy) 않고 사는(live) 인생'을 살아 볼 참입니다.

현대인은 너무 많은 것을 갖추고 삽니다. 불필요한 물건이나
서비스를 사는 대신 그 돈을 재산화할 필요가 있습니다. 그러
한 재산화를 우리는 절약이라 부르지요. 절약이 미덕이 되는
개인과 사회는 희망이 있습니다.

절약(節約)

함부로 쓰지 아니하고 꼭 필요한 데에만 써서 아낌.

현명한 하루

현명해져라. 그리고 시작하라. 하루하루를 대충 보내는 사람
은 강이 마르기를 기다렸다가 건너려 하는 어리석은 사람과
도 같다.

- 호레이스

경제협력개발기구(OECD)가 발표한 〈보건통계 2023〉에 따르
면 한국인의 기대수명은 83.6년입니다. 이를 날짜로 환산하면
3만 514일입니다. 이 생의 기간을 두 시기로 구분해 볼 수 있겠
습니다. 유동성 지능과 결정성 지능 향상의 시기.

심리학자 레이먼드 카텔(Raymond Bernard Cattell, 1905~
1998)의 이론에 따르면, 인간의 지능은 유동성 지능과 결정성
지능으로 나뉩니다.

유동성 지능(Fluid Intelligence)은 청년기에 주로 발휘됩니
다. 유동성 지능은 과거에 경험하지 못한 문제를 해결하기 위해

응용될 수 있는 순발력 있는 정신 능력을 말합니다. 새로운 정보를 획득하는 능력이라고 할 수 있으며, 나이가 들수록 유동성 지능은 줄어듭니다.

결정성 지능(Crystallized Intelligence)은 습득한 지각과 기술을 교육, 경험, 환경, 문화 등을 통해 해석하여 지혜를 발휘하는 능력을 말합니다. 쉽게 말해 결정성 지능은 경험에서 나오는 힘입니다. 삶에서 축적한 지능을 통찰력으로 활용하는 것입니다. 결정성 지능은 나이가 들수록 증가할 수도 있습니다. 연륜과 비슷한 것이지요.

정신과 의사 이시형 박사의 〈어른답게 삽시다〉에는 이렇게 쓰여 있습니다.

> 결정성 지능의 진주 같은 결정을 만드는 재료는 삶의 모든 경험들을 아우른다. 기쁜 일, 슬픈 일, 성공과 실패, 좌절과 눈물까지 어느 것 하나 안 들어가는 것이 없다. 결정성 지능의 상승세가 시작되는 나이는 40대 후반 정도이다. 그때쯤 되어야 그동안 겪어온 숱한 삶의 고비 고비들에서 그 의미를 헤아릴 수 있게 된다는 말인 것이다.
>
> – 이시형, 〈어른답게 삽시다〉

그러고 보면 백세 시대인 요즘은 50세부터 어른이라고 하면 어떨까 싶습니다. 반백 년은 살아 봐야 인생의 쓴맛, 단맛을 아니까요.

이런 기준으로 한국인의 평균 수명에서 50년은 배우는 시기, 나머지 33.6년은 배운 것을 통찰력 있게 사용하는 시기라고 친다면 현명하게 살아야 하는 기간이 12,264일(=33.6년)입니다.

물론 현명함은 꼭 50대부터 발휘될 수 있는 것은 아닐 것입니다. 배우고 익힌다면, 참고 견딘다면, 그 전에도 가능할 것입니다. 우리 인생에서 이처럼 현명한 하루를, 더 일찍 시작하여 더 많이 보낼 수 있다면, 그 인생은 참으로 바람직한 인생이 될 것입니다.

4장.
더 나은 소통과 관계를 위한 말들

언제나 자신보다 나은 사람과 함께

현자는 언제나 자신보다 나은 사람과 함께 있기를 희망한다.
- 플라톤

나이가 들수록 친구 사귀기가 어렵다는 말들을 합니다. 저의 경우도 마찬가지입니다. 나이가 들면서 친구를 잘 사귀어야한다는 생각이 강해집니다. 이런 생각이 심해지면 친구 사귀는것을 아예 그만두게 되겠죠.

그런데 이것이 꼭 나쁘기만 한 걸까요? 그만큼 친구를 선택하는 데 까다롭다는 것일 텐데, 그 까다로운 선택 기준이 편견과 지나친 개인주의가 아니라면 오히려 그렇게 까다로운 것이현명한 것이죠.

중요한 것은 '관계를 선택하는 데 있어서 자신의 기준을 잘정해야 한다'는 것이겠지요.

그리고 또 중요한 것! 인간은 혼자 지내는 방법을 계속 터득

해 나가야 한다는 사실.

오늘 평소 산책 코스를 자전거를 타고 가는데 혼자서 다니는 사람이 많습니다. 사람들과 늘 가까이 있을 수는 없습니다. 혼자 있는 시간을 잘 보내는 사람이 되어야 합니다. 인생은 결국 혼자서 지낼 수 있는 방법을 잘 터득한 자에게 선물로 다가옵니다. 그 전제하에서 좋은 친구가 또 힘이 되는 것이겠지요.

누군가의 빵, 다른 이의 노래

누군가의 빵을 먹고, 다른 이의 노래를 부른다.

– 독일 속담

아, 드디어 내일 감리를 보러 갑니다. 인쇄 감리죠. 제가 운영하는 또또규리 출판사의 첫 종이책 인쇄입니다. 전자책은 꾸준히 냈지만 종이책은 처음입니다. 디자이너와 협업하여 마침내 완성했습니다.

아무래도 표지와 본문 디자인에 덜 신경 쓰게 되는 전자책의 경우는 어렵지 않게 만들긴 했지만 전자책의 유통 역시 간단치는 않습니다. 온라인 서점과 계약을 했지요. 그들이 판매 접점이 되어 주는 겁니다. 잠재 독자, 실제 독자와 연결시켜 주지요.

종이책은 말해 뭐합니까. 제지업자, 운송업자, 인쇄업자, 배본업자, 서점 등등. 그들 없이는 독자의 손에 제 종이책이 전달될수가 없습니다.

모든 상품이 그렇지요.

각각의 재능과 역할이 합쳐져 사회는 굴러갑니다. 이 점을 잘 인식하고 있어야 겸손하게 협업에 임할 수 있습니다. 타인이라는 존재의 소중함, 그들이 하는 일의 소중함을 늘 잊지 말아야 겠습니다.

서로를 위하는 것이 아니라면

다른 사람들을 해치기 위해 분열을 일으키는 사람들은 사실
자신의 파멸을 위한 함정을 파고 있는 것이다.

– 중국 속담

시기, 질투가 심한 사람이 있습니다. 남 잘되는 꼴, 남들 잘
어울리는 꼴을 못 봅니다. 헐뜯고 욕해야 직성이 풀립니다.

이렇게 살다 보면 혼자 남습니다. 서로를 위해 주지 못하는
사람은 이렇게 자신을 위해 주지도 못합니다. 스스로를 외롭고
힘들게 만듭니다.

그것이 서로를 위하는 것이 아니라면 자신을 위하지도 못하
는 것입니다.

차라리 내가

남에게 고통을 주느니 차라리 내가 고통을 당하는 것이 낫
고, 이따금 속을지라도 그를 믿어 주는 편이 낫다.

– 사무엘 존슨

자식이 아프면 차라리 내가 아팠으면 좋겠다는 생각이 듭니
다. 아프면 삶이 힘들어질 텐데도 '차라리 내가'라는 생각이 지
워지지가 않습니다. 이 '차라리 내가'라는 마음은 사랑의 한 가
지일 것입니다.

가족에 대한 이러한 사랑의 마음을 이웃으로 확대한다면 세
상은 더 믿을 만하고 더 지낼 만하겠지요. 더 따뜻해지고 더 유
쾌해지겠지요.

잘못했다고 인정하는 것

잘못했다고 인정하는 것을 부끄러워할 필요는 없다. 그것은 바꿔 말하면 오늘은 어제보다 현명해졌다는 뜻이기 때문이다.

– 알렉산더 포프

결코 성장하지 못하는 사람. 자신은 잘못하리라 생각지 않는 사람. 잘못을 했어도 무엇을 잘못했는지 모르는 사람. 남 잘못만 탓하는 사람. 심지어 남이 잘못한 게 아닌데 그 사람 잘못이라며 탓하는 사람.

이 반대인 사람은 성장하겠지요. 늘 나를 보는 습관을 들여야겠습니다. 그것도 정직한 마음과 시선으로.

뻔뻔함과 당당함

나는 내가 말하지 않은 것은 어떤 것에 의해서도 상처 받지
않았다.

– 캘빈 쿨리지

내가 잘못하고 있는 게 아니라면 남을 지나치게 의식할 필요
없겠지요. 당당할 필요가 있습니다. 그래야 자신 있게 자기 할
일을 하지요. 이유도 없고 재미도 없는 상처 주는 말에 굴할 필
요도 없을 것입니다. 이럴 때는 신경을 끌 필요가 있습니다. 이
건 뻔뻔함이 아닙니다. 당당함이지요.

그런데 늘 중요한 것은 서두에서 말했듯이 잘못하고 있지 않
아야 이게 가능하다는 것이죠. 이런 태도, 이런 행동은 내가 잘
못하지 않기 위해, 그리고 잘하기 위해 노력을 해야지 가능한 것
입니다.

누군가의 상처를 대가로

누군가의 상처를 대가로 욕심을 부리면 그 욕심을 부리는 자
가 상처를 입게 된다.

– 말콤 포브스

언제 상처를 주나요? 나 자신만 알 때, 내 마음대로 하려고
할 때, 내 기분대로 하려고 할 때, 상대방의 입장을 생각하지
않고 말하고 행동할 때…….

공통점은? '자기 위주'라는 점입니다. 그런데 욕심의 특징은
부메랑처럼 자기 자신에게로 돌아온다는 것입니다.

이 특징의 유의할 점은 삶을 살면 살수록 인생을 살면서 남에
게 상처를 주면서까지 부렸던 욕심이 산술급수적이 아닌 기하
급수적으로 자기 자신에게 안 좋은 영향을 미친다는 것입니다.
내가 주었던 상처가 나에게 상처가 되는 것입니다.

그 상처의 이유는 무엇일까요? 사람과 사람 사이에서 세상

가장 무섭다는 것. 무관심 때문입니다. 상처를 받아 오고 참아 온 사람들이 그의 곁을 떠날 것이고 그는 관심권 밖으로 밀려 날 것입니다. 그게 그 사람을 무섭게 합니다. 무서울 정도로 외롭고 비참하게 합니다.

예방도 지혜다

지혜로운 사람은 악을 예견해 미리 피한다.

– 푸블리우스 시루스

성경 말씀에 있습니다.

사특한 자의 첩경에 들어가지 말며 악인의 길로 다니지 말찌
어다

– 성경 잠언 4장 14절

사특(邪慝)하다
요사스럽고 간특하다.

간특(奸慝)하다
간사하고 악독하다.

사람은 그 사람이 다니는 길, 다니는 곳, 바라보는 것으로 알 수 있습니다.

안 좋은 길, 안 좋은 곳, 안 좋은 것은 그쪽으로 향하지 않는 것이 바로 지혜로운 예방의 삶일 것입니다.

또한 그처럼 안 좋은 쪽으로 가지 않으려면 좋은 친구를 사귀는 것이 매우 중요하겠지요.

분노는 오래 남는다

분노를 자제하지 않는다면 분노로 인해 얻는 상처 이상으로
자신이 상처를 입게 되어 있다.

— 세네카

분노는 자제해야 합니다. 그 후폭풍이 오래가기 때문이죠. 결
국 자기에게도 분노는 상처로 돌아와서 부작용을 남기게 마련
입니다. 사람이 가장 어리석은 순간이 분노하는 때이죠. 도저
히 참기 힘들고 분노를 할 것 같은 때는요?

분노에 가장 효과적인 약은 오래 참는 것이다.

— 세네카

아무리 참기 힘들어도, 아무리 분노할 것 같아도 우리에게는
늘 인내가 필요합니다. 인생을 이루어 나가려면요.

돈보다 사람을 보기

자기보다 돈이 많은 사람이나 적은 사람들 앞에서는 돈을 논하지 않는 것이 중요한 법칙이다.

– 케서린 화이트혼

사람 사이가 아닌 돈벌이 이야기에 치중하는 이들이 있습니다. 이게 돈이 되고, 저건 돈이 안 되고.

세상살이의 중요 요소 중 하나가 재정이고 돈이 있어야 먹고 사니 그럴 수야 있겠지만 듣다 보면 그 척박함과 메마름에 삶이 건조해지는 것을 느끼게 됩니다.

케서린 화이트혼은 '자기보다 돈이 많은 사람이나 적은 사람들 앞에서는 돈을 논하지 않는 것'을 말하는데, 이걸 정확하게 따지고 들어가면 우리는 돈 얘기를 할 수가 없습니다. 가지고 있는 물질의 값이 정확하게 일치하는 사람은 갓난아기와 이 생마감 직전의 사람 외에는 없을 것이기 때문입니다.

그렇다면 돈 이야기를 왜 하지 않는 것이 좋을까요?

우선 돈 이야기를 많이 하는 사람치고 정직하고 성실하게 돈 벌려는 사람이 거의 없다는 점입니다. 정말로 정직하고 성실하게 일하고자 하는 사람은 돈 이야기가 아닌 일 이야기를 합니다.

이 일이 가치가 있고 의미가 있으려면 무엇을 해야 할까? 돈은 그다음에 찾아오는 것이지요.

또한 돈 이야기를 자주 하는 사람은 사람보다 돈을 봅니다. 심하면 사람을 돈으로 보기도 하지요. 이용자나 구매자라는 호칭이 사람 이름보다 먼저 떠오르는 경우일 것입니다.

사람과 삶에 대한 이야기를 합시다.

'돈보다 사람'입니다.

비판적인 vs 수용적인

인간은 비판적이기보다는 수용적인 태도를 취할 때 발전할
수 있을뿐더러 자신의 위상도 높아진다.

– 찰스 슈왑

사람은 크게 두 부류로 나눌 수 있을 텐데요. 비판적인가, 수
용적인가 하는 것이지요. 물론 사안에 따라 비판적인 태도가
필요한 경우도 많지만, 여기서는 그보다 더 근본적인 의미의
'삶의 태도'를 말하는 것일 겁니다.

대개는 우선적으로 수용적인 관점을 견지하는 것이 좋습니다.
그리고 나서 비판을 하든 수용을 하든 선택을 하는 것입니다.

그렇다면 비판보다는 수용이 왜 우선되어야 하는 걸까요?

비판은 대개 부정적입니다. 수용은 긍정적입니다. 비판은 편
협해질 수 있지만, 수용은 시야가 넓어질 수 있습니다. 시야가
넓어야 무엇을 볼 때 시선이 곧고 바를 수 있습니다.

특히 우리가 사람 자체에 대해 비판적이다 보면 사람들을 포용하지를 못합니다. 외골수, 꼰대가 되는 것이지요. 스스로 고립과 고독을 부르는 것입니다.

나이가 들수록 비판적이기보다는 수용적인 것이 좋습니다. 품이 커지는 것이지요. 마음의 품이 커져야 생각의 품도 커집니다. 품이 큰 사람이 사는 폼이 좋습니다.

5장.
성품을 향상시키는 말들

침착하라

침착하라. 말싸움을 하며 분노하지 말라.

－ 대니얼 웹스터

언쟁까지 가도록 하지 않는 것이 제일 좋을 것입니다. 우리가 싸움을 하기 위해서 사는 것이 아니니까요. 싸움이 격해지면 상처를 주게 되기도 하므로 우리는 싸우지 않기 위해, 즉 사이 좋게 살기 위해 삶을 살아야 할 것입니다.

영화 〈호밀밭의 반항아〉에 보면 이런 대사가 나옵니다. 가정의 분위기는 어떤지 물어보니 남자가 이렇게 대답합니다.

"원래 마누라들은 스트레스를 받으면 소리를 지르곤 하지."

이건 꼭 여자에 대해서만은 아니겠지요. 이런 남자들이 있습니다.

가끔 가다 급발진하는 사람을 대하게 될 때에 내 마음이 차분해지려면 저런 마인드가 필요할 것입니다. '그런가 보다, 그러나 보다' 하는 마음 같은 것이죠.

분노하지 않고 침착하게, 차분하게 말해야 합니다. 말을 할 때에 이러한 침착함, 차분함을 유지할 수 있다면 그 사람은 말에 재주가 확실히 있는 것입니다.

또한 그 같은 말에는 힘이 있습니다. 그것은 화평의 힘, 화목의 힘일 것입니다. 감정에 휩싸이는 사람이 되지 말고 화평의 말, 화목의 말을 할 수 있는 온유한 사람이 되어야겠습니다.

거울효과라는 말이 있지요. 마주하는 상대방을 따라 하면서 친해진다는 것입니다.

우리가 관계를 맺을 때에 환한 얼굴을 할지, 화난 얼굴을 할지에 따라 거울효과의 영향이 판이해집니다. 나의 성품이 주변 사람들의 성품에까지 크게 영향을 끼칠 수 있으니 화나게 말고 환하게 살아야겠습니다.

인내가 열매를 맺는다

절망한 상태에서 신중을 기할 수 있는 사람은 아무도 없다.
그러나 주먹을 꽉 쥐고 분노를 참아 낸 사람에게는 평생토록
가치 있는 것이 뒤따른다.

– 앨프레드 테니슨 경

열매를 맺게 하는 것이 인내임을 늘 느끼게 됩니다. 언제나
인내가 답입니다. 사랑에도 그래서 인내가 포함되어 있고, 열정
에도 인내가 포함될 것입니다. 그리고 인내는 어느 곳에서든 필
요합니다. 가정에서든 바깥에서든 말이지요. 인내의 원동력은
언제나 겸손입니다. 그리고 희망입니다. 겸손한 자, 소망이 있는
자에게는 인내가 삶입니다.

인내가 열매를 맺는 까닭은, 인생이란 태어나서부터 죽기까지
축적의 삶이기 때문일 것입니다.

바뀌지 않는 것들을 견디는 꿋꿋함 &
바뀌어야 할 것을 바꾸는 용기

우리에게 바뀌지 않는 것들을 견딜 수 있는 꿋꿋함을 달라.
바뀌어야 할 것을 바꾸는 용기도 달라. 그리고 둘을 구별할
수 있는 지혜도 달라.

- 올리버 J. 하트

인간에게는 각자 도전할 영역이 있을 것입니다. 사적으로 도
전할 것이 있고, 공적으로 도전할 것도 있을 것입니다.

용기 있는 자가 개인의 삶과 사회의 삶을 향상시킵니다.

한편으로 세상에는 우리가 받아들여야 할 상황, 환경, 현실
이 있을 수 있습니다. 그것들을 꿋꿋하게 견뎌 나가는 묵묵함
도 우리에게 필요할 것입니다. 바뀌지 않는 것과 바꾸어야 할
것을 구분하는 지혜는 인간이 성숙해지면서 더욱더 쌓여 가는
것이겠지요.

좋은 판단력과 선한 마음

좋은 판단력만큼 선한 마음을 가져라. 일반적으로 이 둘은
늘 붙어 다닌다.

— 윌리엄 위철리

그와 반대로
악한 마음은
악한 판단을
하게 합니다.

선을 전할 수 있는 유일한 방법

사람들에게 우리의 선을 전할 수 있는 유일한 방법은 선을
행하는 것이다.

– 볼테르

기부할 거라고
말하고 다녀 봐야
아무런 소용이 없습니다.
실제로 기부를 해야 합니다.

좋은 성격과 생활 습관

아침 일찍 일어나 열심히 일하며, 꼼꼼한 데다가 신중하고
정직하기까지 한 사람은 자신의 운을 두고 불평하지 않는다.
좋은 성격과 생활 습관은 악운도 물리칠 수 있는 천하무적의
무기다.

- 조셉 에디슨

성품을 발전시키는 데 필요한 결정적 요인 두 가지, 성격과
습관입니다. 성격은 그 사람이 나아갈 방향성을 제시해 주고,
습관은 그 방향대로 가도록 안내해 줍니다.

보통 성격은 바뀌기 힘들다고 하지만 성격에 대해 우리는 심
리학적으로 접근해야 합니다. 성격의 심리학적 정의를 봅시다.

성격(性格)

『심리』 환경에 대하여 특정한 행동 형태를 나타내고, 그것을 유지하

고 발전시킨 개인의 독특한 심리적 체계. 각 개인이 가진 남과 다른 자기만의 행동 양식으로, 선천적인 요인과 후천적인 영향에 의하여 형성된다.

성격은 분명 타고나는 측면이 있지만 충분히 후천적으로 변화될 수 있습니다. 이것은 우리가 인간에 대해 가질 수 있는 최고의 긍정적인 관점일 수 있습니다. 사람이 개선이 되지 않는 것은 본질적으로 생각해 보면 성격에 대한 이러한 관점부터 갖고 있지 않기 때문일 수 있는 것이지요.

이렇게 성격을 개선하고자 하는 마음자세에 좋은 생활 습관이 결합하면 위 말대로 악운도 이겨 낼 수 있겠지요. 이렇게 간단하게 한 문장으로 말하지만, 실은 인생 전체가 이렇게 성격과 습관을 만들어 가는 과정이지요. 우리는 평생 성격과 습관을 다듬어 가야 합니다.

특히 위에서 말한 것처럼 성실성과 정직성이 중요하고 여기에 섬세함과 신중함이 더해진다면 금상첨화겠지요. 아침부터 부지런히 내 할 일을 정직하게 수행하고, 꼼꼼하고 신중하게 매사에 임한다면 우선 그 사람의 하루가 보람이 있을 것입니다. 그렇게 하루하루 성장하고 성취해 가는 사람은, 그리고 그 사람의 삶은 분명 아름답고 찬란할 것입니다.

우드로 윌슨은 이러한 삶을 이 한 문장으로 정리했지요.

"하루하루를 성실하게 살아가면 저절로 성격이 만들어진다."

성실(誠實)

정성스럽고 참됨.

성격이 좋은 사람은

성격이 좋은 사람은 인류가 매일 저지르는 죄에 대해 사죄할
준비가 되어 있다. 이런 사람은 용서받지 못할 죄를 저지르지
않으려고 매사에 신중을 기한다.

－ 플리니 더 영거

좋은 성격은 근본적인 차원에서 보자면 인류에 대한 공동체
의식에서 비롯된다고 보아야 할 것입니다. 우리가 죄된 본성을
지닌 연약한 인간으로서 서로서로를 긍휼의 시선으로 바라보
는 것이 무엇보다 우선적으로 필요합니다.

만약 매일 아침 뉴스를 본다면 그때 나의 마음자세가 어떤지
살펴봅시다. 누구를 비난하기에 앞서 인간에 대한 긍휼의 마음
을 내가 가지고 있는지.

우리가 이러한 긍휼의 마음자세를 가질 때에 많은 사람들이
죄의 영향을 덜 받고 선한 영향력을 행사하게 되겠지요.

긍휼의 마음을 품고 내가 하는 말, 내가 하는 행동이 선한 영

향을 끼칠지 신중하게 살피면서 좀 더 천천히 말하고 좀 더 천천히 행동합시다.

긍휼(矜恤)
불쌍히 여겨 돌보아 줌.

6장.
인생의 수준을 올리는 말들

예측하려는 인간

함부로 예측하지 말라. 특히 그것이 미래의 일이라면.
- 새뮤얼 골드윈

인간이 과학을 발전시키면서 예측을 많은 분야에서들 하고 있지만, 인간의 앞날이란 예나 지금이나 앞으로도 예측하기 힘듭니다.

그럼에도 나중에 이렇게 될 것이다, 저렇게 될 것이다 쉽게 말하는 사람이 있습니다. 참으로 교만하고 어리석은 경우입니다.

그러므로 내일 일을 위하여 염려하지 말라 내일 일은 내일 염려할 것이요 한 날 괴로움은 그 날에 족하니라
- 성경 마태복음 6장 34절

역으로 인간이 미래를 알 수 없기에 우리는 신의 영역은 신의

영역으로 인정하고 지나치게 나중 일을 걱정하며 지낼 필요가 없습니다. 인생을 오래 살아 본 사람일수록 더 강조하지요. '오늘을 즐겁게 살아라.' 그것이 현명한 길입니다.

내일로 미루지 않는 것의 가치

내일로 미루지 않는 것이야말로 숭고한 행위다.

– 발타사르 그라시안

오늘을 인생의 전부로 보며 사는 삶. 이것을 '숭고(崇高)하다' 고까지 표현할 수 있겠지요. 숭고란 뜻이 높고 고상하다는 것입니다. 왜 그럴까요? 그렇게 하기가 정말 어렵기 때문이겠지요.

자신이 그날 할 일을 정하는 것부터 우리는 정직해야 합니다. 그리고 정직하게 그 오늘의 할 일을 수행한다면 그것은 발타사르 그라시안의 말대로 숭고하다고까지 말할 수 있을 것입니다. 매일매일 그 같은 숭고함을 이어 갈 수 있다면 말이지요.

인생에서 우리가 알아야 할 것 세 가지

정확한 지식을 대신할 만한 것은 없다. 너 자신을 알고, 네 일을 알고, 네 사람들을 알라.

– 랜달 제이콥스

인생에서 우리가 알아야 할 것 세 가지를 이처럼 잘 정리해 주었습니다.

❶ 나 자신
❷ 나의 일
❸ 나의 사람들

나 자신을 아는 것은 반성과 개선을 통해 이루어집니다.

나의 일을 아는 것은 나의 재능을 알아내고 갈고닦는 데서 이루어집니다.

나의 사람들을 아는 것은 나의 절친한 가족과 이웃과 소통하고 관계하며 이해력과 포용력이 증진되면서 이루어집니다.

　우리는 이 세 가지를 아는 만큼 삽니다.

　그리고 이 세 가지는 어느 선까지 알아야 하는 것이 아니라, 평생 알아야 하고 알아가야 하는 것입니다.

　진짜가 무엇인지, 중요한 게 무엇인지 이 세 가지 앎을 통해 우리는 깨달아 나가야 하고 그 깨달음을 실천해 나가야 합니다.

지식과 용기

지식과 용기는 돌아가며 위대함을 행한다.

– 발타사르 그라시안

위대한 삶을 사는 자의 두 가지 삶의 핵심 요소, 지식과 용기. 그것은 다른 말로 앎과 행함일 것입니다. 무엇을 알고 있고 무엇을 행하고 있느냐를 보면 그 사람의 존재 가치를 알 수 있습니다.

성취하는 사람은 무슨 일을 할까, 언제 할까 주저하지 않습니다. 오늘 내 할 일에 집중하여 행동에 나섭니다. 그렇게 해서 지식과 용기가 깊어지고 넓어집니다. 그러고 보면 지식과 용기는 단순성(單純性: 단순한 성질이나 특질)을 요구합니다.

헛된 후회

실수나 실패로 얻은 지식과 지혜가 있다면 실수나 실패는 잊
고 앞으로 나아가야 한다. 헛된 후회는 우리의 자아에 있는
힘의 흐름을 방해하기 때문이다.

　　　　　　　　　　　　　　　　　　　　　　　　　　－ 에디스 존슨

　흐르는 강물처럼 살고 싶습니다. 흐르는 강의 그 흐름의 힘.
잔잔하지만 제 갈 길을 도도하고 묵묵하게 나아갑니다.
　인간이 매끄럽고 부드럽게 살지 못하는 까닭은 바로 실수와
실패 때문이지만 그 실수와 실패를 통해 자성하고 개선하면서
더욱 매끄럽고 부드럽게 살 수 있는 지혜를 얻게 됩니다.
　그러니 지나간 실수와 실패를 반면교사(反面敎師) 삼을 일이
지, 후회하면서 시간을 허비해서는 안 될 것입니다. 후회는 실수
와 실패에 대해 잘못을 반성하는 차원에서 그쳐야지, 개선은 하
지 않고 후회만 지속한다면 그것이 바로 '헛된 후회'일 것이고,

그러한 헛된 후회는 내가 살아갈 힘을 앗아갈 것입니다. 또한 현명한 사람이라면 삶의 경험이 쌓이면서 후회의 빈도가 줄어들 것입니다.

아는 자는 말하지 않는다

아는 자는 말하지 않는다. 말하는 자는 알지 못한다.

- 노자

지식과 침묵의 관계가 이러하군요. 〈언어의 온도〉 이기주 작가의 프로필에 보면 '말을 아껴 글을 쓴다'고 되어 있던데, 말을 아끼는 것이 중요해 보입니다. 글은 숙고와 퇴고를 거쳐야 하니 말을 아끼고 글을 쓴다는 것은 수다의 시간을 줄이고 생각의 시간을 늘린다는 의미일 수 있겠지요.

'아는 자'란 세상에서의 앎이란 것이 너무나 광대하고 오묘하다는 것을 알아서 스스로 겸손해질 수밖에 없는 사람을 일컫겠지요. 그러니 말을 할 수가 없습니다. 겸손할 수밖에요.

새로운 문화

지식인들은 새로운 문화를 반긴다. 즉 지적인 사람은 새로운 문화가 도래할 때 신선한 발상과 관대한 생각을 거리낌 없이 받아들이고, 그것을 즐길 줄 안다. 또한 스스로 평정심을 유지하면서 장점을 취하는 방법도 안다.

– 토마스 케틀

좋은 문화, 나쁜 문화가 존재할 수도 있지만 문화에는 장단점이 있을 수 있습니다. 좋은 면도 있고 나쁜 면도 있을 수 있지요. 혹은 그 문화 안에서 무엇을 하느냐에 따라 이야기가 달라질 수 있습니다. 굿 스토리냐 배드 스토리냐, 이것이 결정될 수 있지요.

중요한 것은 사용하는 사람의 마인드와 습관이지요. 스마트폰으로 무엇을, 언제, 어떻게 하느냐에 따라 스마트폰의 가치가 달라집니다. 이처럼 가치는 사용자가 만드는 것입니다. 인터

넷이란 것도 다른 사용자를 위해 좋은 콘텐츠를 올리는 이들이 많다면 충분히 훌륭한 공간이 될 수 있을 것입니다.

한 시대와 그 문화에 속해서 살고 있는 우리는 그 시대와 문화를 좋게 하기 위해 콘텐츠를 수용하고 사용하고 창작할 필요가 있습니다. 공익을 위할 줄 아는 지혜로운 프로슈머(prosumer: 제품 개발을 할 때 직간접으로 참여하는 능동적, 생산적 소비자)가 되어야 합니다.

찬란한 인생을 위하여

이기적이지 않고 고귀한 행동은 영혼의 일대기에서 가장 찬
란한 페이지다.

– 데이비드 토마스

휠체어를 밀고 가시는 노인과 휠체어를 타고 있는 노인. 두
분이 한 분은 밀고 한 분은 타서 횡단보도를 거의 다 지났는데
인도로 넘어가는 턱을 넘지를 못합니다. 대여섯 번 시도해도 휠
체어는 맥없이 제자리로 돌아옵니다. 나는 주변에 있습니다. 이
걸 쳐다보고만 있을까요. 이때 잠깐의 도움의 움직임이 이타성
이고 고귀함이라고 생각합니다. 별것 아닌 것 같지만 그 별것이
특별함입니다. 그 별것들이 서로 잘 오간다면 사회는 더 살 만
할 것입니다.

한 사람의 영혼의 일대기를 책으로 펴낸다면 이런 손짓과 몸
짓, 마음 씀씀이가 가장 빛나는 장면으로 책에 기록될 것입니다.

누가 보아도 아름답고 배울 만한 내용이지요. 이런 작은 행위가
나의 하루를 반짝이게 하도록 살아 보렵니다.

에필로그

나만의 말들로 살아내고 나누면서

우리는 살면서 많은 좋은 말들을 접합니다. 타인의 삶이 스며든 말들이지요. 그 안에는 그들의 고난과 그 극복 과정이 담겨 있습니다.

그처럼 삶이 농축되고 응축되고 압축된 말들을 통해서 우리는 사람과 삶, 세상에 대한 많은 중요한 것들을 배우지요. 그 배움들을 통해 성장하면서 나만의 말들을 해 나가고 자신의 그 말들을 삶으로 살아냅니다.

그러면서 우리는 나의 말을 삶으로 가족과 이웃과 나누는 단계까지 나아가야 합니다. 나의 말이 나의 삶이 되고 그렇게 나의 말이 가족과 이웃을 살리는 단계까지 나아가야 하는 것이지요.

물론 그 과정에서도 우리는 계속 좋은 말들을 만나야 합니다. 그래야 더욱더 성장하지요. 우리는 언제나 좋은 말들을 통해서 사람을 만나고, 삶을 만나고, 세상을 만나게 되니까요.

우리, 자신의 삶에서 어떠한 환경, 어떠한 상황이든지 고난을 극복하고 자기를 초월하여 단련되고 정련되고 숙련되어 드디어 때가 되면 나만의 멋진 말들을 스스로 만들어 봅시다. 그리고 자신만의 그 멋진 말들로 오늘을 굳건히 살아내고, 그 굳세고 건실한 살아 냄의 결정체로서 얻게 된 귀한 지혜를 서로 나누어 봅시다.

만나야 할 말들
나를 키우는 인생문장

초판 1쇄 발행 | 2024년 3월 28일
지은이 | 정민규(루카스 제이 Lukas Christian Jay)
발행인 | 정민규
편 집 | 정민규
디자인 | 담아
발행처 | 또또규리
출판등록 | 2020년 7월 1일 (제409-2020-000031호)
이메일 | aiminlove@naver.com
유튜브 | @ttottokyuri
인스타 | @ttottokyuri
홈페이지 | https://blog.naver.com/ttottokyuri
ISBN 979-11-92589-71-8 (03810)

인생을 나름대로
고생하고 고민하고 고심하며
살아 본 사람은 안다.

인생 그것 참 모순투성이라는 것을.

사람이 그렇고,
세상이 그렇다.

사는 게
낮설 때

아이러니를 알고 삶에 대응하기

정민규(루카스 제이) 지음

정민규(루카스 제이) 지음 | 값 15,000원

또또규리

세상에 필요한 책을 만듭니다

우리가 살면서 가장 크게 영향을 끼치는 일,
운전
그 중요한 운전을 인생과 함께 통찰한
최초의 에세이
개인의 반성에서 시작해 사회의 변화를 도모하는
사회적 에세이

인생과 운전

정민규(루카스 제이) 지음

"인생과 운전은 비슷한 면이
참 많구나"

인생도 잘 살고 운전도 잘하고
싶은 사람을 위하여

이 책을 읽으면 좋은 사람

- 인생도 잘 살고, 운전도 잘하고 싶은 사람
- 운전은 오래 했지만 모범적이지 않은 사람
- 운전면허 시험에 합격한 사람
- 이제 막 연수나 운전을 시작한 사람
- 운전하면서 스트레스를 많이 받는 사람
- 급하게, 거칠게, 난폭하게 운전하는 사람
- 운전하면 사람이 달라진다는 사람
- 운전하면 입이 험해지는 사람

또또규리

네 나이에 알았더라면
인생이 달라졌을 거야

사랑하는 자녀에게 꼭 전해 주고 싶은
부모의 인생편지

⋮

인생을 살아갈 때
꼭 필요한 마음자세,
생활습관 등에 대한
부모의 인생편지 24통

정민규(루카스 제이) 지음 | 10,000원

청소년과 부모가 함께 읽고 느끼고 배우도록
이 시대에 필요한 지혜의 내용을 담았습니다.

또규리   세상에 필요한 책을 만듭니다

또또규리 출판사의 도서목록
대중서

인생과 운전
인생을 운전하는 우리를 위하여
정민규(루카스 제이) 지음 | 값 17,000원

우리가 살면서 가장 크게 영향을 끼치는 일, 운전. 그 중요한 운전을 인생과 함께 통찰한 최초의 에세이. 개인의 반성에서 시작해 사회의 변화를 도모하는 사회적 에세이. 우리 모두의 안전과 성숙을 위하여 운전대를 잡는 자신과 가족, 이웃에게 이 책을 선물해 주세요.

네 나이에 알았더라면 인생이 달라졌을 거야
사랑하는 자녀에게 꼭 전해 주고 싶은 부모의 인생편지
정민규(루카스 제이) 지음 | 값 10,000원

부모의 삶은 자녀에게 교훈으로 전수되어야 합니다. 부모의 시행착오가 자녀에게 약이 되도록 말이지요. 이 책은 인생을 살아갈 때 꼭 필요한 마음자세, 생활습관 등에 대한 부모의 인생편지 24통을 모은 것입니다. 이 안에 부모의 인생경험, 인생공부가 압축되어 있습니다. 이 시대에, 특히 한국 사회에서 갖추어야 할 삶의 지혜를 담았습니다.

사는 게 낯설 때
아이러니를 알고 삶에 대응하기
정민규(루카스 제이) 지음 | 값 15,000원

사는 게 낯설 때가 옵니다. 방향을 전환해야 할 때입니다. 이때 삶과 사람을 아이러니의 관점으로 볼 줄 알아야 합니다. 아이러니를 알고 삶에 대응하는 것입니다. <사는 게 낯설 때>에서는 순간순간 삶에서 아이러니로 다가온 현상들을 살펴봅니다. 현상을 다른 시선으로 바라볼 때 변화를 모색해 볼 수 있습니다.

글 쓰는 마음
글 쓰기 전에 마음부터 준비하기
정민규(루카스 제이) 지음 | 값 10,000원

좋은 글이란 무엇일까요? '좋은 마음을 나누는 글'일 것입니다.

건강한 삶을 살고 강건한 글을 쓸 수 있다면, 담대한 삶을 살고 담대한 글을 쓸 수 있다면, 유머 있는 삶을 살고 유머 있는 글을 쓸 수 있다면. 그렇게 쓰인 그 글들은 글쓴이의 마음에 들 것입니다. 독자들의 마음에 드는 일은 말할 것도 없겠지요. 그리고 이것은 글쓰기를 위한 마음 준비가 된 사람만이 누릴 수 있는 기쁨과 보람일 것입니다. 작은 이 책을 통해 그 큰 기쁨과 보람을 만나 보시길 바랍니다.

신앙서

복 있는 부모는
자녀 교육은 부모의 크기만큼
정민규(루카스 제이) 지음 | 값 12,000원

부모가 자녀에게 끼칠 수 있는 영향력은 실로 대단합니다. 물론 이때 중요한 것은 자녀를 나의 자녀이기 이전에 하나님의 자녀로서 보는 것이고, 또한 독립체로서 보는 것입니다. 그때 우리의 마음 자세가 본질적으로 달라질 것입니다. 이 책에는 부모가 자녀 사랑과 양육을 잘해 보고자 할 때에 우리가 특히 고민하고 숙고해 보아야 할 것들을 담았습니다. 모든 일에서 하나님 믿는 그 믿음 안에서 행함이 있는 부모가 되기를 소망합니다.